兒童文學叢書

・影響世界的人・

從伯利恆到全世界

神的兒子 耶穌

王明心／著

阮　健／繪

國家圖書館出版品預行編目資料

從伯利恆到全世界:神的兒子耶穌 / 王明心著; 阮健繪.——初版二刷.——臺北市: 三民, 2017
面; 公分——(兒童文學叢書. 影響世界的人系列)

ISBN 978-957-14-4002-6 (精裝)

1. 耶穌(Jesus Christ)—傳記—通俗作品

249.1 93002445

© 從伯利恆到全世界
——神的兒子耶穌

著作人 王明心
繪圖 阮健
發行人 劉振強
著作財產權人 三民書局股份有限公司
發行所 三民書局股份有限公司
地址 臺北市復興北路386號
電話 (02)25006600
郵撥帳號 0009998-5
門市部 (復北店) 臺北市復興北路386號
(重南店) 臺北市重慶南路一段61號
出版日期 初版一刷 2004年4月
初版二刷 2017年5月
編號 S 781071
行政院新聞局登記證局版臺業字第〇二〇〇號

ISBN 978-957-14-4002-6 (精裝)
http://www.sanmin.com.tw 三民網路書店

多彩多姿的世界

（主編的話）

小時候常常和朋友們坐在後院的陽臺，欣賞雨後的天空，尤其是看到那多彩多姿的彩虹時，我們就爭相細數，看誰數到最多的色彩——紅、黃、藍、橙、綠、紫、靛，是這些不同的顏色，讓我們目迷神馳，也讓我們總愛仰望天際，找尋彩虹，找尋自己喜愛的色彩。

世界不就是因有了這麼多顏色而多彩多姿嗎？人類也因為各有不同的特色，各自提供不同的才能和奉獻，使我們生活的世界更為豐富多彩。

「影響世界的人」這一套書，就是經由這樣的思考而產生，也是三民書局在推出「藝術家系列」、「文學家系列」、「童話小天地」以及「音樂家系列」之後，策劃已久的第六套兒童文學系列。在這個沒有英雄也沒有主色的年代，希望小朋友從閱讀中激勵出各自不同的興趣，而各展所長。我們的生活中，也因為有各行各業的人群，埋頭苦幹的付出與奉獻，代代相傳，才使人類的生活走向更為美好多元的境界。

這一套書一共收集了十二位傳主（當然影響世界的人，包括了形形色色的人群，豈止十二人，一百二十人都不止），包括了宗教、哲學、醫學、教育與生物、物理等人文與自然科學。這一套書的作者，和以往一樣，不僅學有專精又關心下一代兒童讀物品質的良莠，所以在文字和內容上都是以深入淺出的方式，由作者以文學之筆，讓孩子們在快樂的閱讀中，認識並接近那影響世界的人，是如何為人類付出貢獻，帶來福祉。

第一次為孩子們寫書的龔則韞，她主修生化，由她來寫生物學家孟德爾，自然得心應手，不做第二人想。還有唐念祖學的是物理，一口氣寫了牛頓與愛因斯坦兩位大師，生動又有趣。李笠雖主修外文，但對宗教深有研究。謝謝他們三位開始加入為小朋友寫作的行列，一起為兒童文學耕耘。

宗教方面除了李笠寫的穆罕默德外，還有王明心所寫的耶穌，和李民安所寫的釋迦牟尼，小朋友讀過之後，對宗教必定有較為深入了解。她們兩位都是寫童書的高手，王明心獲得 2003 年兒童及少年圖書金鼎獎，李民安則獲得 2000 年小太陽獎。

許懷哲的悲天憫人和仁心仁術，為人類解除痛苦，由醫學院出身的喻麗清來寫他，最為深刻感人。喻麗清多才多藝，「藝術家系列」中有好幾本她的創作都得到大獎。而原本學醫的她與許懷哲醫生是同行，寫來更加生動。姚嘉為的文學根基深厚，把博學的亞里斯多德介紹給小朋友，深入淺出，相信喜愛思考的孩子一定能受到啟發。李寬宏雖然是核子工程博士，但是喜愛文學、音樂的他，把嚴肅的孔子寫得多麼親切可愛，小朋友讀了孔子的故事，也許就更想多去了解孔子的學說了。

馬可波羅的故事我們聽得很多，但是陳永秀第一次把馬可波羅的故事，有系統的介紹給大家，不僅有趣，還有很多史實，永秀一向認真，為寫此書做了很多研究工作。而張燕風一向喜愛收集，為寫此書，她做了很多筆記，這次她讓我們認識了電話的發明人貝爾。我們能想像沒有電話的生活會是如何的困難和不便嗎？貝爾是怎麼發明電話的？小朋友一定迫不及待的想讀這本書，也許從中還能找到靈感呢！居禮夫人在科學上的貢獻是舉世皆知，但是有多少人了解她不屈不撓的堅持？如果沒有放射線的發現，我們今天不會有方便的 X 光檢查及放射性治療，也不會有核能發電及同位素的普遍利用。石家興在述說居禮夫人的故事時，本身也是學科學的他，希望孩子們從閱讀中，能領悟到居禮夫人鍥而不捨的精神，那是一位真正的科學家，腳踏實地的真實寫照。

閱讀這十二篇書稿，寫完總序，窗外的春意已濃，這兩年來，經過了編輯們的認真編排，才使這一套書籍又將在孩子們面前呈現。在歲月的流逝中，這是多麼令人高興的事，我相信每一位參與寫作的朋友，都會和我有一樣愉悅的心情，因為我們都興高采烈的在搭一座彩虹橋，期望未來的世界更多彩多姿。

作者的話

寫這本書，是上帝對我一個禱告的回應。

接到寫這本書的邀約之前，我正參加一個美國全國性的《聖經》研讀課程，在查考《舊約》的〈摩西五經〉時，一個數目不時浮現眼前。摩西四十歲時，離開富貴的王子生活，到沙漠牧羊。四十年後，摩西回到埃及，帶領已在埃及為奴數代的以色列人民離開埃及，在曠野中漂流。四十年後，進入上帝應允他們的那個流奶與蜜的迦南美地。

我之所以對四十這個數目這麼敏感，是因為想到自己也正往四十大關邁進。上帝用四十年將摩西的人生改成完全相反的方向；用四十年的時間磨練摩西的心志和個性；也用四十年將以色列從一個世代為奴的民族，建立成一個蒙神賜福的國家。我想到自己每天日子過得迷迷糊糊，暈頭轉向，居然轉眼也近四十了！心中大驚，立刻向上帝禱告，求祂讓我明白活到「這麼大把歲數」，到底能做什麼？該做什麼？

沒過多久，就接到寫這本書的邀約。以往寫書，主編向來讓我自由發揮，頂多是限制在某一個類別內，如文學家系列或音樂家系列，至於要寫誰或怎麼寫，全隨我意。如果寫的是童話故事，更是想寫什麼就寫什麼，毫無限制。這是第一次接到指定內容的邀約，而且是「規定」要寫一本耶穌的故事！我的心大為震撼，上帝不但聽到我的禱告，而且馬上給我這麼明確的回答！

上帝要我寫一本有關耶穌的故事書給孩子們看，可是該怎麼寫呢？耶穌不只是一位偉人，他更是神。我有資格寫祂嗎？我夠了解祂嗎？正在這般的疑慮中，教會的主日學老師黎添和黃韻珊夫婦倆主動約我一起查考《聖經》，我想他們一定是上帝派來要裝備我，讓我更加認識主耶穌，增添我寫這本書的能力。

於是每個星期天下午，我就在他們家那間盡覽窗外綠意的「陽光之室」和他們一起讀著《聖經》中記述耶穌生平的福音書。這本書初稿完成後，也得到他們許多寶貴的意見，在此向黎大哥和韻珊姐致上萬分的謝意。

寫這本書，有許多的禱告在其中。這不是一本宣教的書，而是一本偉人故事。要怎麼寫，才能讓孩子讀來有趣，又能認識到祂的偉大？要如何避免說教的意味，同時又能傳達真理？耶穌不只是人，也是神的兒子，祂的作為很自然地便超乎人類能力之上。要怎麼寫，才既合乎聖經的記載，又不會讀來像神話一般？這些對我都是難題，我便一一放在禱告當中。

最後選擇用彼得來講述這個故事。彼得是耶穌最親近的門徒之一，個性鮮明，敢愛敢恨，魯莽衝動，熱情洋溢。他常說錯話做錯事，但也愛主最深。藉著彼得的眼光來看耶穌，能有最貼近、最真切，也最誠摯的描述。

《聖經》中有四本福音書記載耶穌的生平，由四個作者分別寫成。記述的事件雖然一樣，切入的角度不同。寫這本書時，每一段故事，我同時讀四本福音書的記載，包括中文《聖經》和英文《聖經》，藉著不同語言來交互觀看，最後經過禱告之後，依內心的感動寫下來。

耶穌在世上傳道救人的工作其實只有三年半，但這三年半所產生的影響，卻一直延續至今。早期的基督徒受到羅馬帝國極大的迫害殺戮，殉道者不勝計數，最後羅馬皇帝和人民都成為基督徒，是什麼力量改變了他們？縱觀西洋歷史，可看到許多不朽的音樂、文學、藝術作品，偉大的科學觀察和發現，國家的建國精神、政治體系、社會規範，無不與基督的信仰有關。是怎樣的人，能有這般的影響力？今天在世上各地，即使是原始蠻荒的角落，都有人因著耶穌的愛，致力於傳道、辦學、建設、提供醫療服務等義工，甚至有時是冒著生命危險在做這些工作。他們為什麼有這樣的心志，願意捨己奉獻？

讀這本書，只是認識耶穌的開始。希望你能繼續用你的生命感受祂。

耶穌
耶穌要我們愛人如己，
也要我們學習饒恕別人，
以愛心幫助彼此成長。

說起耶穌和我的關係，那可複雜了。他是指引我真理的老師，和我同甘共苦的朋友，救我脫離罪惡的恩人，更是賜我永恆生命的基督。不只是對我，他也是這世界的救主。他當然是個偉人，不過他和世上的偉人不一樣。別的偉人是人，而他是人，更是神。夠厲害吧！怎麼可能又是人又是神呢？這實在不是三言兩語就能講得清楚的，讓我仔細說給你聽。

先從我怎麼遇到他開始。

我叫彼得，是個漁夫，從小就跟著我老爸捕魚。那天運氣真壞，忙了一晚上，一條魚也沒捕到。我和夥伴們收了工，在湖邊補破網。

還沒補好，只見一群人簇擁著耶穌來到湖邊。最近村子裡的人都在談論耶穌，說他講的道和會堂那些老師大大不同——他們講的道千

篇一律，無關痛癢，這位耶穌的教導卻直到人的心坎裡。

耶穌問我能不能把船借給他當講臺，當然沒問題。我沒受過什麼教育，最羨慕人家能去學校念書。現在有個人人稱好的老師要在這裡開露天課堂，那艘破船能被用來當講臺，是我的榮幸，趕快請耶穌上船。

我把船撐開，稍微離岸邊一點，自己退到人群邊，一邊補網，一邊聽課。他的教訓確實和會堂的老師們不一樣。每回我去會堂祭拜聽講道，老師們拿著長長的書卷，一字不漏的念著上面寫的那些規定：什麼時候要做什麼事，要準備什麼東西祭獻，要守什麼儀式，我得花好大的工夫來撐開我的眼皮，才不會睡著。可是耶穌說的是我們要如何和鄰舍相處，如何作一個謙卑溫柔的人，讓生活充滿愛。他講的內容不只和會堂老師的不同，而且有一股說不出來的權威，這是會堂老師沒有的。我聽得聚精會神，都忘了補網。

講完課，耶穌走到我身邊來，說：「你把船開到水深的地方，撒網下去吧。」

我想他大概在開玩笑。我當漁夫一輩子，都是晚上出海去捕魚，利用火光把黑暗中的魚吸引過來，再一網打盡。黑夜都捕不到魚了，現在大白天亮晃晃的，哪會有魚？我忍不住提醒他：「老師啊，我們可是打魚打一晚上了，一條魚也沒捕到！」

不過看他表情不像在開玩笑，而且剛才上了他一堂課之後，就覺得聽他的準沒錯，決定照他的話做。

才一下網，我的天啊，海裡的魚全往網裡跳，我們收了一網又一網，魚還是一直來，趕快把另一艘船也叫過來支援，魚還是不停的上網，直到兩艘船裝魚裝得都快沉下去了。

我真是嚇壞了，連魚都聽他的，這個人絕對不是一個普通人。我兩腳一屈跪拜在地上。耶穌說：「起來吧，不要怕，跟著我，我要讓你得人如得魚。」

我馬上把網一丟，船和魚都不管了，開始我跟隨耶穌的旅程。

沒遇到耶穌之前，我以為就是一輩子捕魚了。跟隨耶穌之後，我的生命起了很大的變化，開始經歷我從沒想像過的事。

剛才那個捕魚的例子，你覺得很稀奇嗎？小事一樁。不要說魚，連大自然都聽他的！

有一回我們在船上，忽然起了好大的暴風，把船吹得東倒西歪。風一大，浪就高，水一直往船裡灌，眼看著船一直往下沉，大家顧不得舀水，只能緊緊的抓住繩索，唯恐一失神，就掉進大海裡。奇怪的是在這危急關頭，耶穌居然靠著枕頭，在船尾睡得安安穩穩的。

大家再也沉不住氣，把耶穌叫醒：「老師，救救命啊，我們都快沒命了，你難道不管我們的死活嗎？」耶穌醒來，看了我們一眼說：「怕什麼呢？你們對我這麼沒有信心？」說著便轉頭面向大海，大聲斥責：「停了！安靜！」

他的話一完，剛才的狂風暴浪瞬間消失，下一秒馬上一片風平浪靜，一點痕跡也沒有。我們都呆在那裡，說不出話來。連風和海都聽他的！我們的心裡真是既敬佩又懼怕。

不只是大自然的現象，生活上的日常飲食，我也經歷他超自然的能力。

有一次我們忙得連吃飯的時間都沒有了，想退到野地去好好休息一下。誰知一到那裡，人山人海，群眾從各城市來，早我們一步到達，等著要聽耶穌的教訓和讓他醫病。

我覺得又累又煩，真想立刻叫他們滾蛋。耶穌看到有那麼多人需要他，便心生憐憫，勸慰我們說：「他們就像一群羊，需要牧人帶領他們，餵養他們。我們怎能丟下不顧呢？」於是又坐下來，開始教導他們天國的道理，並醫好許多患病的人。

一下午就這麼過了。不是我沒愛心，不顧念眾人的需要，而是天色已漸漸變暗了，再不解散，這裡是野地，前不著村後不著店，可找不到吃的。

「你們給他們吃的吧。」耶穌說。

這裡的人，小孩婦女不算，單單男人少說也有五千人，我們哪有辦法找到食物給這麼多人吃？算術好的腓力馬上計算出來：「老師，我們即使工作八個月，拿賺的工資去買麵包，也不夠一人一口。」

我的弟弟安得烈這時候很高興的跑過

來，手上拿了一袋東西，喊著：「老師，老師，有個小孩帶了五塊餅和兩條魚。」

我正想敲他的頭，五塊餅兩條魚，我一個人就吃完了！耶穌卻舉起食物，望著天，祝福，然後擘開餅，也把魚折成段，要我們把食物分給大家。

奇妙的事發生了。那五餅二魚怎麼分也分不完！將擘開的魚和餅發出去了，奇怪，手上還有！再擘，再發。最後，大家都吃得好飽好飽。我們把剩餘的碎塊收拾起來，居然裝了十二個籃子！

親身經歷了這種奇事，你就不能怪我會有以下的念頭和舉動了。

那天晚上，耶穌要我們把船渡到海的另一邊去，他獨自上山禱告。到了半夜，海上風浪大作，我們在逆風中搖櫓搖得好吃力。忽然海面上出現一個身影，慢慢往我們的船走來。風像鬼叫一樣呼嘯，浪像魔手一樣襲身，連映在水面上的月光都像鬼火般閃爍不定。那身影繼續在薄霧中忽隱忽現。半夜會有影子在水上行走，不是鬼是什麼？

大家嚇得大叫：「鬼——鬼——，鬼來

了！」連一向號稱大膽王的我都全身發軟。

那身影出聲音了：「你們放心，是我，不要怕。」

是耶穌的聲音！仔細一看，沒錯！那身影的確是他。想起自己剛才那副喪膽的樣子，真是丟臉。他既然能叫魚自己跳上網，能平靜風和海，用五餅二魚餵飽好幾千人，那麼在水上行走，又有什麼困難？

「老師，如果真的是你，也讓我從水面上走到你那裡去，好不好？」我想體驗一下水上行走的感覺。

耶穌毫不猶豫的答應：「你來吧。」

我一聽，馬上跨過船身。真的立在水上，沒沉！往前走了幾步，風突然猛力向我吹來，翻起的浪好像要把我吞噬下去，我的信心大失，覺得自己要沉下去了，嚇得大叫：「救命啊，救命啊！」

耶穌一把將我抓起，失望的說：「為什麼這麼沒有信心呢？你難道還不明白我是誰嗎？」

我們一上船，狂風馬上停止。大家不禁俯伏跪拜。到這個時候，我們已經深信不疑，他是上帝的兒子！

你可不要以為跟隨耶穌，過的都是這些又變魔術又衝浪，冒險刺激的生活。事實上，我們的日子是很簡樸、清苦、忙碌的。

耶穌的工作主要是醫病、趕鬼，和教導，也就是他兼醫生、祭司，和教師的身分。不過他和這世上的醫生、祭司、教師不一樣。他不收診療費，也沒領薪水，全部的服事都是出於一顆愛人的心。我們這些門徒跟著他，做的全是義工，一點物質的豐裕也沒享受到。

他沒受過醫學院的訓練，不曾進入神學院，也沒有正式上過學，怎麼會醫病、趕鬼、懂得所有《聖經》的教導呢？我起先也和你一樣不明白。跟了他一段時間之後，漸漸了解其中的緣由 —— 因為他有從天而來的能力！

他看病時，只需一伸手，病人的病就好了。

就拿我岳母的病來說吧。她不知為何高燒不退，退燒藥也吃了，冰也敷了，冷毛巾一直擦，都沒有用，人早已燒得失去意識，醫生也沒有辦法。耶穌來到之後，一摸我岳母的手，她身上的熱馬上退除，眼睛也立刻張開，接著就起身煮飯給耶穌吃，完全看不出她已經躺在床上神智不清好幾天了。

高燒不退還是小事，許多人得的是多年不癒的病。

我們這裡有一些人得了一種皮膚病叫大痲瘋，全身潰爛長癬，常常爛到連手指頭、腳趾頭都斷掉。因為是一種高度傳染的病，患病的人都被驅逐到村子外，不准與人接觸。再也看不到自己的爸爸、媽媽和兄弟姐妹，抱不到自己的孩子，不再有朋友，沒有人照顧，自生自滅。如果有人從附近走過，患病的人就要大喊：「我是不潔淨的！我是骯髒的！」來警告別人不要接近。得這種病，不只身體痛苦，心靈也受很大的折磨。

耶穌一點也不在意他們的汙穢。這些人孤獨，他知道他們需要友情。這些人被嫌惡，他知道他們需要別人的了解。這些

人得的是不容易醫治的病，他知道他們需要的不是一般的醫藥。別人躲得遠遠的，耶穌卻主動接近他們，並伸手撫摸、安慰他們。凡被摸到的人，沒有不立刻痊癒，歡歡喜喜進村子和家人團聚。

耶穌要我們愛人如己。他自己看到別人有病痛，就難過得好像那是他自己的身體一樣，總是不停的醫治。所以我們每到一個地方，人潮洶湧，需要醫治的，都到他的面前。他一伸手，生病的康復，瞎眼的看見，啞巴的開口，瘸腿的行走。

我們的生活非常忙碌，因為耶穌把所有的時間都給了需要他的人。他醫治人的病痛，更看到人內心的軟弱。他所結交的朋友，絕對不是有錢有勢的人，而是像稅吏、妓女、窮人、犯人等。這些都是大家瞧不起的人，但是耶穌說：「健康的人用不著醫生，有病的人才用得著。」內心軟弱的人，和身體生病的人一樣，都需要別人的關心和幫助。他要他們知道，上帝愛世上的每一個人。

他也要我們學習饒恕別人。

有一群人把一個犯姦淫的婦女帶到耶穌面前，問他：「按照摩西的律法，要用石頭把這個女人打死，你覺得怎麼樣？」耶穌說：「你們中間誰是沒有罪的，就可以先用石頭打她。」沒有一個人敢下手。

這個世界上，沒有一個人是完美的，大家都有罪，即使不殺人不放火，也會生氣、妒忌、說謊、貪心、懶惰、自私、有惡毒的念頭、說傷害人的話，這些在上帝眼中都是罪。既然大家都有罪，為什麼只是指責別人呢？要寬恕別人，以愛心幫助彼此成長。

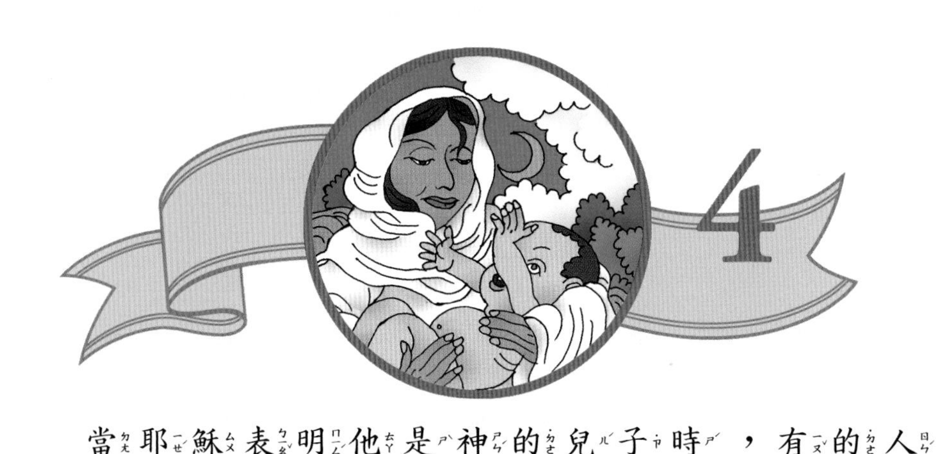

當耶穌表明他是神的兒子時，有的人說，他不是那個木匠約瑟的兒子嗎？怎麼現在是神的兒子了？有的人說他們是看著他長大的，他的家人他們全認識，他在胡說什麼？宗教人士說他褻瀆上帝，隨時找機會要除去他。

耶穌到底是誰的兒子，問他的母親最清楚。

耶穌的母親馬利亞和約瑟訂婚後，有個天使來跟她說：「妳將要懷孕生子，給他取名叫耶穌。他是至高者的兒子，他要做王，直到永遠。」

馬利亞聽了很不安：「我還沒出嫁，怎麼會懷孕生子呢？」天使回答說：「聖靈要臨到妳的身上，至高者的能力要蔭庇妳，妳生

的是神的兒子。」馬利亞馬上順服：「就照你的話吧。」

約瑟知道馬利亞懷孕時，非常的吃驚，他不想公開羞辱馬利亞，只想暗中和她解除婚約。那天晚上，就有上帝的使者在夢中向他顯現：「約瑟，不要怕，只管把馬利亞娶過來，因她所懷的孩子，是從聖靈來的。」約瑟醒來後，就照著吩咐，和馬利亞結婚，只是沒和她同房。等她生了兒子，依照天使的話，給他取名叫耶穌。

不只是耶穌在世上的父母親知道他真實的身分，有一些人也被告知。

馬利亞的產期快到時，政府發令要戶口普查，所有的人都要回老家去報戶口，約瑟只好帶著大腹便便的馬利亞上路。辛苦到了伯利恆後，發現因為這個戶口普查的事，每間旅店都客滿，約瑟好不容易才求到一個馬棚，可以暫住。耶穌就在這兒出生，放馬飼料的馬槽就是他的嬰兒床。

　　這時，伯利恆的野地上，有一群牧羊人正在看守羊群。黑暗中，忽有大光照著

他們，大家都嚇呆了，天使跟他們說：「不要害怕，告訴你們一個天大的好消息。今天在伯利恆，你們的救主降生了，就是主基督。你們會看到一個嬰孩躺在馬槽裡，那就是記號。」

這時有一大隊的天兵加入天使，讚美神：「在至高之處榮耀歸與神！在地上平安歸與祂所喜悅的人。」

眾天使升天之後，牧羊人彼此說：「我們趕快去伯利恆吧，看看天使所說的這件事。」找到馬利亞、約瑟，和臥在馬槽裡的嬰孩後，就把天使說的話傳開了，聽到的人沒有不覺得驚異的。

就連我都親耳聽到上帝說，耶穌是祂的兒子。

耶穌有一回帶著我、雅各和約翰上一座高山。到了山上，耶穌變了形象，臉面明亮像太陽，衣服潔白如光。有一朵光明的雲彩飄過來遮住他，有聲音從雲彩裡出來：「這是我的愛子，你們要聽祂的。」我們三人嚇得趴在地上，過了一下子才敢抬起頭。我們都知道，剛才說話的是上帝。

好笑的是，人們不能了解耶穌的真正身分，鬼倒是一清二楚。

我們去加利利海的東岸，才一下船，就有一個人從墳墓裡走過來。這個人被一群鬼附身了，不穿衣服，也不住房子，長年待在墳地。他目光凶猛，齜牙咧嘴，隨時要咬人似的。一天到晚在墳區和山中大喊大叫，又用石頭將自己砸得頭破血流。人們好幾次用腳鐐和鐵鍊捆住他，又派人看守。被群鬼附身的他力大無比，鐵鍊被他掙斷，腳鐐也被他敲碎了。沒有人能制伏他，只好任由他住在墳地裡，平常大家就避免從那裡經過。

耶穌一看到他，就吩咐：「從這個人身上出來！」

他馬上跪在地上，大聲喊叫：「神的兒子耶穌啊，我們和你有什麼相干呢？求求你不要把我們趕出這個地方，不要讓我們到無底坑去。如果你一定要我們離開這個人，山坡那裡有一群豬，就讓我們附到牠們身上吧。」

耶穌准它們：「去吧。」

只見那一群約有兩千隻的豬，開始死命的狂奔，一直跑一直跑，到了懸崖也不收腳，全部掉進海裡淹死了。

連鬼都知道他是神的兒子，人們卻反過來說耶穌是靠鬼趕鬼。

耶穌能把各式各樣的鬼從人身上趕出去，使那些人重拾幸福與快樂的生活，許多人都感激不盡。可是這麼高強的能力，卻使得某些宗教人士很不是滋味，酸溜溜的說：「他都是靠鬼王別西卜趕鬼的啦。」

耶穌就告訴他們說：「一個國家裡的人民，如果自相殘殺，這個國家就會滅亡。一個家庭，如果家人爭吵、決裂，這個家就會破碎。我若是靠著鬼王來趕鬼，鬼打鬼，鬼王的國度還能站得住嗎？我今天靠神的能力趕鬼，這是神的國臨到你們了。」

我想他們是聽不懂這個道理的，因為他們對耶穌的恨意越來越深。

這一群宗教人士起先是拿一些他們自認為對的戒律來挑毛病，譬如說我們吃飯前沒有洗手，違反祖先的傳統。又說我們在安息日掐麥穗吃不行，耶穌在安息日治病不對，因為安息日就是要安息的，什麼事也不能做。耶穌反問他們：「你們的羊在

安息日掉進坑裡，你都去拉牠上來了，難道人不比羊珍貴嗎？」他們答不出話，氣在心裡。擁戴跟隨耶穌的群眾越來越多，讓這些自認是社會上流階級的人看了眼紅妒忌。加上耶穌又批評他們是一群偽善、口是心非、只注重表面工夫，不追求真理的人，更讓他們恨得牙癢癢。最後當聽到耶穌說他是神的兒子時，他們下定決心，非置耶穌於死地不可。

耶穌不是不知道他危險的處境。事實上，他好幾次向我們預言，他將要落在那些長老、祭司長、文士的手裡，受很多苦後，被殺，第三日復活。我第一次聽到他將被殺時，急得拉住他：「不行，不行，這怎麼可以？這種事不會發生的！」

耶穌責備的說著：「退開！不要絆阻我的工作。你體貼的是人的意思，不是神的意思。」為什麼神的意思是要他死呢？我那時不了解，也不敢問。

逾越節到了，我們進耶路撒冷，準備過節。有個人家準備了逾越節的宴席，請我們去享用。

晚餐時，耶穌突然說：「你們中間有一個人，今晚要出賣我。」大家不安的彼此對看，想不出會是誰。

耶穌拿起餅，祝福，擘開，然後遞給我們：「你們拿著吃，這是我的身體。」又舉起杯子，祝謝，遞給我們：「這是我立約的血，為多人流出，為的是使罪得赦。」

吃了餅，喝了杯裡的酒，耶穌轉身勉勵我：「彼得，我已為你向天上的父祈求，讓你不會失去信心。以後，你也要堅

定這些弟兄們的信心。」我聽他的口氣好像在交代遺言一樣，心裡真急：「主啊，就是和你一起下監，一起受死，我也願意。」

耶穌聽了，嘆口氣說：「彼得，我告訴你，今日雞未啼之前，你會三次說你不認得我。」我再三保證，絕不會有這種事。

耶穌對猶大說：「你要做什麼事，趕快去做吧。」我以為他是叫猶大去買過節要用的東西，並沒有留意。

吃完飯，我們上橄欖山，去一個叫客西馬尼的園子。耶穌叫其他人待在一處，只帶著我和雅各、約翰，到旁邊禱告。

耶穌俯伏在地，禱告說：「父啊，如果可行，請撤走這個苦難。然而，只要照你的意思，不要照我的意思。」他禱告時，那麼懇切，又那麼傷痛，臉上的汗珠大滴大滴的落在地上，看了真叫人難過。

忽然間，猶大帶著一群手持刀棒的人走來。耶穌說：「朋友，要做什麼就做吧。」好幾個人立刻上來，把耶穌拿住。

我看他們抓耶穌好像抓強盜一樣，真是氣憤不過，剛好身上帶了一把刀，不假思索就抽出刀，一出手，一個大祭司的僕人馬上被我削掉一個耳朵。

耶穌斥責我：「收刀入鞘！我父要我做的事，豈能不做嗎？現在這樣，為的是要應驗先知書上所寫的預言。」

老實說，我那時已經心慌意亂。剛才一時衝動就出手砍人，闖禍了，不知道如何是好。看到其他門徒都跑了，我也趕快趁一片混亂逃走。

雖然跑走了，內心卻一直掛念著耶穌的安危。耶穌被送到大祭司那裡受審時，我就偷偷的回來，混在人群中。

大祭司和公會找了好多人作假見證，說的話一點根據都沒有。耶穌對於他們的控訴，一句話也不說。最後大祭司問他：「告訴我們，你是不是神的兒子耶穌？」耶穌回答：「你說的是，以後你要看到我坐在上帝的右邊，駕著天上的雲降臨。」

大祭司激動得撕開衣服怒吼：「他說這種狂妄褻瀆的話，我們還需要什麼證人！你們說，應該如何處置他？」群眾憤慨的大叫：「他該死！他該死！」有人對他吐口水，有人一邊打他，一邊說：「你不是基督嗎？告訴我，現在打你的是誰？」

我雜在人群當中，旁邊一個婢女認出我：「你跟這個耶穌是一夥的！」我馬上矢口否認：「我不知道你在講什麼。」

過了一下子，另一個婢女也認出我，

我只好發誓：「我不認得這個人。」

沒有多久，又有一個人說：「你的確是和他一黨的，你講話是加利利口音。」我急了，便說：「你這個人！我跟你說不認得，就不認得。」

這時，雞叫了。

耶穌轉過來，看著我。那眼神，是了解，是憐憫，是饒恕。我突然想起他說的話：「雞叫之前，你會三次不認我。」

我居然真的這麼做了！我衝出院子，靠著牆壁，忍不住大哭起來。

我真的三次不認耶穌！我背叛了他！

他的教導，我一一想起。

他要我們彼此相愛，連仇敵都要愛，因為神就是愛。要虛心、謙卑、溫柔、良善、饒恕、渴慕神的話語、與人和睦相處，並以善報惡、常常喜樂。他也要我們做一個實在的人，是就說是，不是就說不是。要暗暗的行善，不要故意做給別人看，不要論斷別人，不要貪財，總要為人服務，凡事信靠上帝。

我和他一起生活三年多，跟著他到處行醫、趕鬼、教導，親眼看到他活出他所教的道理。他，就像這世上的光，照亮別人，指引大家走出黑暗，活在良善的光明中。

而我，背叛了他。

耶穌被釘在十字架上，死了。

臨死前，在十字架上，還向上帝為那些釘他的人說情：「父啊，赦免他們，因為他們所做的，他們不曉得。」

耶穌死後，我和其他門徒聚集在一個房間裡，傷痛哭泣，誰也不想講話。

我們這一群人，個性和背景都不同，過去三年多，是因為跟隨耶穌，才會在一起。現在耶穌死了，我們完全不知道下一步該做什麼。

忽然傳來一陣急促的敲門聲，大家都嚇了一跳。自從耶穌被釘在十字架後，我們就躲在這裡，深怕也被抓走。門外會是誰呢？

「趕快開門，是我們。」是跟隨耶穌從加利利來的婦女。

門一開，婦女們就上氣不接下氣的說著：「擋墳墓的石頭挪開了！有天使跟我們說耶穌復活了！」

我和約翰一聽，馬上衝到墳墓那裡。洞口果然打開了，走進去一看，裹頭的布巾放一處，包身體的細麻布放另一處，就是不見耶穌。

回去之後，原從抹大拉那個地方來的馬利亞又來說她看到耶穌了，我們都不知道該信還是不該信。

吃晚飯的時候，沒有什麼預兆的，耶穌突然站在我們中間，向我們問安，大家都嚇壞了，以為是鬼魂。

耶穌說：「懷疑什麼呢？你們摸摸看，有骨有肉的，真的是我，不是鬼魂。」

真的是他！那手和腳都有釘痕，肋旁還有被槍刺過的傷口。對啊，他曾說過，他死後，第三天會復活，今天正是第三天啊！我們怎麼這麼遲鈍呢？

大家高興得又叫又跳，抱成一團，簡直要發狂了。耶穌和我們一起坐下來用餐並向我們解釋：「這就是我以前跟你們講過的，我的來臨、受死以及第三天復活，這些在《聖經》裡所記載的事，都一一應驗了，你們就是這些事的見證人。」

他開我們的心竅，讓我們能明白《聖經》上的話。又交給我們一個大使命：「你們要去使萬民做我的門徒，奉父子聖靈的名，給他們施洗。凡我所吩咐你們的，都教訓他們遵守，我就常與你們同在，直到世界的末了。」

8

耶穌又繼續留在這世上四十天之久，教導我們神國的事。我終於明白，耶穌本來大可在天上享受所有的榮耀，卻為了愛我們，來到這個世間，和我們一起受苦。我們因著罪，和神分開。他犧牲了他的生命，用他的血把我們的罪洗乾淨，讓我們與神和好。這本來是件很奧祕難懂的事，但是我發現，當我接受耶穌是神的兒子這個真理時，我就全了解了，而且蒙受了這個福分。

過了四十天，他領我們到伯大尼，舉手祝福我們：「神的靈要降在你們身上，賜你們能力，在耶路撒冷，猶太全地，和撒瑪利亞，直到地極，作我的見證。」說完，一朵雲飄過來，把他接上天。

望著他越來越遠的身影，我的心裡充滿了喜樂。耶穌並不是走了，他曾說過，只要遵守他的教訓，他就在我們中間。他的形體雖然不在眼前，但聖靈將和我們同在，指引我們當行的路。我現在要做的就是，到各處去講述他的故事，傳悔改赦罪的道，宣揚神愛世人的好消息。

我在心裡告訴耶穌：「我不會讓你失望的。」

耶穌小檔案

◎不要為明天憂慮，因為明天自有明天的憂慮；一天的難處一天當就夠了。（馬太六：34）

◎你們願意人怎樣待你們，你們也要怎樣待人。（馬太七：12）

◎人若賺得全世界，賠上自己的生命，有什麼益處呢？人還能拿什麼換生命呢？（馬太十六：26）

◎掩藏的事，沒有不顯出來的；隱瞞的事，沒有不露出來的。（馬可四：22）

◎你們不要論斷人，就不被論斷；你們不要定人的罪，就不被定罪；你們要饒恕人，就必蒙饒恕。（路加六：37）

◎善人從他心裡所存的善，就發出善來；惡人從他心裡所存的惡，就發出惡來。因為心裡所充滿的，口裡就說出來。（路加六：45）

◎不要為生命憂慮吃什麼，為身體憂慮穿什麼。因為生命勝於飲食，身體勝於衣裳。（馬太六：25）

◎人在最小的事上忠心，在大事上也忠心；在最小的事上不義，在大事上也不義。（路加十六：10）

王明心

讀的是英國文學和兒童教育，做的是教師、記者、語言專員，最喜歡的身分是童書作者。曾獲金鼎獎、小太陽獎、好書大家讀推薦獎、新聞局推介中小學生優良課外讀物、阿勃勒獎。

喜歡讀童書，喜歡為孩子寫書，覺得是絕佳的心靈環保。相信「若不回轉變成小孩子的樣式，斷不得進天國。」

阮　健

1954年生於南京，畢業於南京師大美術系，從事過美術教師、報社美編等工作，歷時30餘載。年50後，幡然悔悟，成為自由職業者，終於可以真正為自己活著，做自己喜歡的事了。因興趣、愛好廣泛，天生的動手能力強，沒有工作的日子比過去每天上班時還忙。電腦網路、裝潢設計、木工機械、烹調縫紉……無不「精通」，不為名利，只為好玩。當然最當回事去研究的還是繪畫。如能真正在繪畫創作的痛苦漫長過程中，得到心靈的淨化與精神上的享受，那將是他一生最大的追求。

兒童文學叢書

童話小天地

童話的迷人，

正是在那可以幻想也可以真實的無限空間，

從閱讀中也為心靈加上了翅膀，可以海闊天空遨遊。

這一套童話的作者不僅對兒童文學學有專精，

更關心下一代的教育，

出版與寫作的共同理想都是為了孩子，

希望能讓孩子們在愉快中學習，

在自由自在中發展出內在的潛力。

——簡宛（知名作家）

丁伶郎　奇奇的磁鐵鞋　九重葛笑了　智慧市的糊塗市民

屋頂上的祕密　石頭不見了　奇妙的紫貝殼　銀毛與斑斑　小黑兔

大野狼阿公　大海的呼喚　土撥鼠的春天　「灰姑娘」鞋店

無賴變王子　愛咪與愛米麗　細胞歷險記

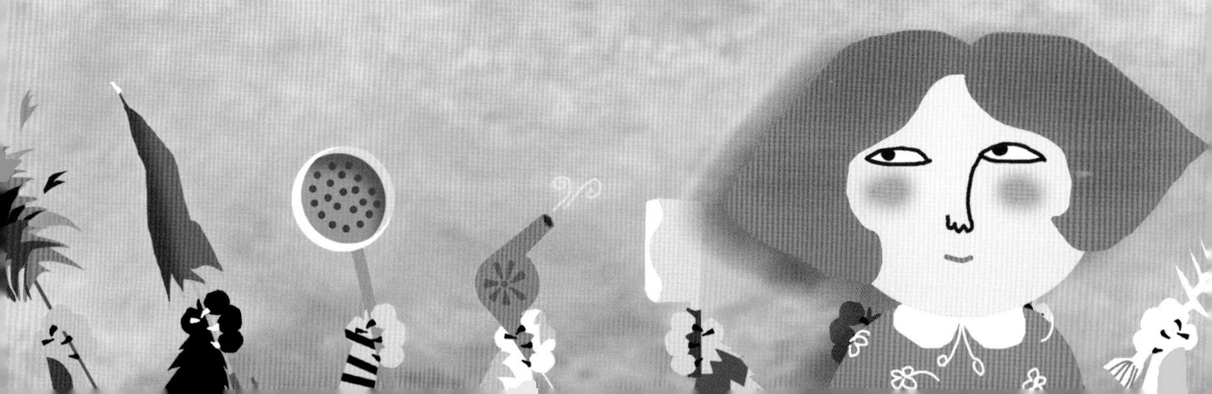